KB056002

사랑이 오로지 사랑이었으므로

PARAN IS 7 사랑이 오로지 사랑이었으므로

1판 1쇄 펴낸날 2024년 7월 10일
지은이 정우식
인쇄인 (주)두경 정지오
디자인 이다경
펴낸이 채상우
펴낸곳 (주)함께하는출판그룹파란
등록번호 제2015-000068호
등록일자 2015년 9월 15일
주소 (10387) 경기도 고양시 일산서구 중앙로 1455 대우시티프라자 B1 202-1호
전화 031-919-4288
팩스 031-919-4287
모바일팩스 0504-441-3439
이메일 bookparan2015@hanmail.net

ⓒ정우식, 2024, printed in Seoul, Korea

ISBN 979-11-91897-79-1 03810

값 12,000원

사랑이 오로지 사랑이었으므로

정우식 시집

시인의 말

 삶이 우리를 속이기 전에 그의 머릿결을 흔들고 지나갔던 바람은 지금 어디에서 머릿결을 흔들고 있을까.

 떠나간 그 사람이, 오래전에 '힘들고 지칠 때면 밤하늘을 쳐다본다'고 했던 적이 있다. 그 후 나도 밤하늘을 쳐다보는 버릇이 생겼다.

 저 밤하늘의 별들 중에 많은 별은 이미 몇 천 년, 몇 억 년 전에 사라졌다. 이미 사라진 저 별들이 이토록 찬란하게 밤하늘을 빛내고 있다. 91년 오월, 자신의 몸을 던져 어둠을 사르고 하늘의 별이 된 11명의 열사들도 지금 어딘가에서 지상을 비추고 있을 것이다. 부끄럽지만 내가 오랜 세월을 돌아 첫 시집을 내게 된 까닭이다.

 '한 손에는 짱돌, 한 손에는 시집'을 들었던 뜨겁고 아름답고 슬픈 청춘 시절의 나에게,
 오월을 살다 간 모든 벗들과 오월을 살고 있는 모든 벗들께,
 아, 울 엄니 아부지 그리고, 세상의 모든 어머니 아버지께
 이 시집을 바친다.

                              2024년 뜨거운 여름 종로구 낙산에서

차례

시인의 말

제1부

그 자리에 꽃 하나가

사랑이 지나간 그 자리에
꽃 하나 피었네

아프도록 환한
눈부시게 처연한
젊은 나날들
뜨거웠던 흔적들

눈물진 웃음인들
잊혀 잊힌 채로 살아갈거나
살아갈 수 있을까나

지워도
다 지워도
못내 그리운
반역 같은

그 자리에 꽃 하나가 피었네

북녀에게 1

一

우리의 사랑 꽃피울 일이다
대동강수 푸른 물에 고운 속살 씻기우고
모란봉 양지 녘 소나무 아래 진달래로 선
스무 살 꽃가슴 그대여
이제는 만나 만나서
기나긴 그리움의 밤 지우고
아침을 맞아야 할 때
손에 손 잡아 잡고서
봄 내음 가득한 황토현 너른 들을 거닐 일이다
동학년 곰나루의 눈물을 건널 일이다

우리의 청춘을 불태울 일이다
그대는 백두산
천지에서
꽃바람으로
나는 한라의 봄바람으로
그대는 강바람 나는 흙바람
자유로이 넘나들며 태울 일이다
살과 살이 만나서
뼈와 뼈가 만나서

一

휴전선 육백 리 굽이굽이 사를 일이다
설움의 산맥들 불사를 일이다

때로는 가슴에 눈물 넘치는 나이
뼛골에 사무치는 그리움으로
태울 일이다
꽃피울 일이다

북녀에게 2
—임진강

—

금강산 일만 이천 봉
심심산골에도
봄이 왔겠네요

냇가에 빨래 나온 북녘 새악시 고운 얼굴엔
발긋한 진달래 꽃물 어렸던가요?
살풋살풋 옷소매 적시면서 봄노래도 불렀겠네요
얼마나 정겨울까요, 그리워요
흘러 흘러 흐르다
남방 한계선 인민마을 지날 적엔
당신, 흙 묻은 삽날 씻는 농부
시름 잠긴 눈가에 맺힌 그리움도 보았겠네요
남북 병사 총구 맞댄 산악 사이 지날 적
비무장지대 무명용사 무덤에
홀로 핀 보라색 제비꽃 여전히
아름답겠지요

삼팔선 철조망에 찢기며 찢겨 넘을 땐
얼마나 서럽던가요
판문점 성조기 아래 엎드려 기면서

당신, 또 얼마나 울었을까요?　　　　　　　　　　　　　　—

50㎝

세상에서 가장 넘기 힘든 벽
히말라야 팔천 미터 고봉 14좌를 넘은 사람도
온갖 시련과 장애를 이겨 낸 사람도
죽음의 문턱을 넘어온 사람도
죽어 귀신이 되어서도 넘기 힘든
50㎝

에베레스트보다 높고 태평양보다 깊은
판문점 남북 분단선

깃발

거리에서 최루 연기 속에서 길을 잃을 때
백색 공포의 시간이 정지된 듯한 도로 위에서
백골단 타타탁 달려오는 소리만이 등골을 때릴 때

그때 우리는 불렀다 외쳤다
와서 모여 함께 하나가 되자
물가에 심어진 나무같이
모였다
깃발 아래 모였다
눈물 콧물 흘리면서
두 눈 제대로 뜨지 못해도
흔들리지 흔들리지 않게
우리 단결해
강철같이 뜨겁게
뭉쳤다
깃발 아래 뭉쳤다

아스팔트꽃

뜨거웠던
내가 가장 뜨거웠던 시절
사랑한 꽃은

산에 산에 산꽃이 아니네
들에 들에 들꽃이 아니네

저항의 몸부림 속에 움트는
피어린 함성 속에 피어나는

불꽃 같던
꽃불 같던
아스팔트꽃

뜨거웠던
내가 가장 뜨거웠던 시절
사랑한 꽃은

꽃집에도 없고 식물원에도 없네
돈으로도 권력으로도 살 수 없네

시대의 어둠을 사르며 타오르는
압제의 장벽을 부수며 솟구치는

천둥 같은
벼락같은
아스팔트꽃

지금도 중문을 나서면 아우성 들린다

― 지금도 중문을 나서면 아우성 들린다

앰배서더 앞 대열을 이룬 전경과 백골단이
질서 정연하게 제3제국의 군인들처럼
천천히 아스팔트를 두드리며 전진해 올 때
우리는 붉은 머리띠를 두르고
투쟁가를 목놓아 불렀다
기관총 난사하듯 지랄탄이 날아와
황소가 거친 숨을 쉬듯 쉬익식 쉭
미친 듯이 최루 가스를 내뿜고
백골단이 토끼를 잡으려는 사냥개처럼 덮쳐 와도

우리는 눈물 콧물 범벅이 된 채
와서 모여 함께 하나가 되자 노래를 부르며
깃발 아래 모였다
짱돌을 던지며
꽃불 같은
혁명의 불꽃 같은 꽃병을 독재의 심장부에 날려 보냈다

― 지금도

아우성 들린다
벚꽃 환하게 핀 봄날
중문을 나서면

*중문: 동국대학교 중문.

충무로 연가

  청춘 시절 뜨거운 함성으로 분노 덩어리 피눈물 쏟으며
쏟아 내며
  달려 달려나가던 사랑인지 슬픔인지 기쁨인지 아픔인지
  가늠하기 어려운 감정의 파도
  희뿌연 최루 연기 속에 뒤섞이던 충무로
  우리들의 사랑 우리들의 분노 우리들의 투쟁의 서사시
  대한극장 개봉작 간판보다 뚜렷이 빛났었지

  깡소주의 객기와 텁텁한 막걸리의 정겨움이 자정 넘어
신새벽까지 버무려지던 뒷골목
  눈물 콧물 피눈물 함께 나누며 어우러지던 대로에서
  우리는 어깨 걸었지
  시대정신이 무엇인지 몰랐어도 시대를 위해 신념의 불꽃
피워 올릴 줄 알았고
  실패하고 실패하고 좌절하고 좌절해도 끝내 포기를 모른
채
  역사의 수레바퀴 온몸으로 굴리던 젊은 시시포스의 용사
처럼 전진했었지

그렇게 우리는 용감했고

그렇게 우리는 무모했고
그렇게 우리는 순수했고
그렇게 우리는 아름다웠다
그렇게 우리는 충무로에서 하나였다

앞서가는 파도를 뒤따라가는 파도처럼
우리는 앞서거니 뒤서거니
부서지고 스러지고 짓밟혀도 다시 일어나
민주주의를 향해 나아갔지

온통 분노로 아름답던 시절
충무로는 사랑이었지

80년대

━

아스팔트에 농사짓던 시절

우리의 호미와 괭이는 열정과 신념
씨앗은 사랑
거름은 구호
절기는 전단지
달력은 대자보
쟁기는 화염병
두레는 학생회
새참은 초코파이
태풍은 조직 사건
폭우는 학교 침탈
소나기는 불심검문
한파는 수배

━

그때는 그때의 나는

뜨거웠던 시절 뜨겁게 좋아했던
이광웅 시인의 '목숨을 걸고'처럼
삶이 뜨거웠던 때가 있었다

그때는 그때의 나는
목숨을 걸고 술을 마셨고
목숨을 걸고 구호를 외쳤고
목숨을 걸고 짱돌을 들었다
목숨을 걸고 아스팔트 농사를 지었다
그때는 그때의 나는 그렇게
목숨을 걸었다 조국을 위해 대의를 위해
투사로 이 한 몸 기꺼이 바쳐 폭압의 어둠 사르고 싶었다
아무도 모르게 자신을 혹독하게 단련시켰고
때가 되면 장렬하게 역사의 제단에 바치고 싶었다
나를 바치고 싶었다
그랬다 그랬었다
그때는 그때의 나는

88년 여름 어느 날

―

멈출 수 없지 움켜쥔 깃발 놓칠 수는 없지
최루탄이 쏟아지고 백골단이 곤봉을 휘두르며 쳐들어와도
도망칠 수는 없지
이곳은 우리가 사수해야 할 진지
이 한 평의 땅은 세상의 모든 것
이곳을 잃는 순간 모든 게 사라져
여기에 서서 망부석이 될지언정
여기에 앉아 돌부처가 될지언정
물러설 수는 없지
한 발 뒤로 물러서면 천 길 낭떠러지
도망가다 비겁하게 죽느니
떳떳하게 앉아서 죽고 말지

백골단이 조폭처럼 철거 용역 깡패처럼 무자비한 폭력을
휘둘러도
지글지글 타오르는 아스팔트에 어깨 걸고 앉아 물결이
된다

―

학생회관

내 청춘의 뼈가 묻힌 곳
사랑과 분노와 희망과 눈물의 대지
학생회관은
어머니 자궁 같은 사회적 생명의 태 자리
뜨거운 벗들을 만났고
슬프고 아름다운 노래가 흘러나와 가슴을 적시고
부끄러운 나의 시의 새순이 돋던 골방

학생회관은
사회과학과 역사와 이론을 배우고 토론하며
애국의 불타는 심장을 단련하던
조국 사랑의 본거지

나의 자취방이었고 도서관, 토론장, 극장, 콘서트장이었고
단골 술집이었고 쫓기는 벗들의 피난처였던
학생회관
내 청춘의 대학의 대학

동굴

동악로 길섶 홀로 핀
하얀 민들레만
보아도
만해동산 흐드 흐드러진
진달래 꽃사태만
보아도

눈물이 나던
대학 1학년 시절
격렬한 투쟁이 있던 날이면
나는 동굴을 찾았어

컴컴한 동굴에서 나는
허리 잘린 조국이 서러워
무심한 오월 하늘이 서글퍼
한 가닥 빛줄기마저 닿지 않는 동굴에서 한없이 울었어
걷잡을 수 없이 타오르는 분노와 증오를 참회하며
비수처럼 날카로워진 나의 입과
짱돌을 던지고 화염병 날렸던 나의 손을
뜨거운 눈물이 씻어 주었어

용광로처럼 뜨겁게 달궈졌던 나의 심장을 침묵의 지층마다 내려앉은 차갑고 부드러운 공기들이 고요한 시간들이 다독여 주었어 나는 바람인지 기도인지 모를 내 깊은 가슴 속 언어를 끄집어내어 읊조렸어 분노와 증오의 불길이 내 안의 작은 자비와 사랑의 나무를 태우지 않기를 얼음 같은 이성과 칼날 같은 이론이 찔레순처럼 풋풋한 감성을 앞서지 않기를 허리 잘린 내 조국 한반도가 압제에 신음하는 민중들이 하루속히 고통에서 벗어나기를 모든 이들이 행복해지기를 칠흑 같은 어둠이 선명하게 눈에 들어올 때까지 컴컴한 동굴 속에 앉아 있었어 오래전 세상에서 사라지고, 지금 내 가슴속에 들어와 있는

2학년 늦봄 새벽 풍경

술이 눈썹 밑에서 출렁이는 새벽녘에야
차수를 거듭해 마시던 술자리가 끝났다
불온한 시대 어둔 밤의 골짜기를 울리던 우리들의 거친
희망가도
새벽 가로등 꺼지듯 하나둘 잦아들었다

거꾸로 된 세상 바꾸겠다는 의지는 맹렬히 타올랐지만
몸은 자꾸 흐느적대고 두 다리는 비틀거렸다
캠퍼스 후문을 지나 학생회관 앞에서
주문처럼 다시 한번 결의를 다지고
우리는 각자 정해진 아지트로 향했다

철학과 친구는 디오게네스처럼 과학생회실로
사학과 친구는 문과대 학생회실로
경제학과 친구는 동국관으로
꿈속에서라도 혁명적 변화를 꿈꾸며
애벌레처럼 누에고치 속으로 들어갔다

나는 수배당한 두 명의 선배와 룸메이트처럼 지내는 문
학 동아리방으로 올라갔다

야행성인 선배들은 책을 읽거나 늦은 잠자리에 들었을
것이다
　알토란 같은 후배들이 생기고 덩달아 일이 늘어난
　2학년 늦봄
　의욕과 패기 걱정과 불안이 버무려진 새벽 노을이 한참
붉었다

1991년 오월 우리는 초혼처럼 투쟁가를 불렀다

지금도 생각하면 눈물이 나
뜨거운 피눈물 솟아
그해 오월
귀여운 막내 경대부터 꽃다운 누이 귀정이까지
붉은 꽃사태 같은 열한 명 젊은 넋들
민중의 대지에 꽃불을 놓고
청춘의 가슴에 불꽃을 피우고
하늘의 별이 된
1991년 오월

불타는 투혼 심장에 새기며
매일매일 우리는
투쟁의 한길로
바쳐야 한다
초혼(招魂)처럼
투쟁가를 불렀다
뜨거운 피눈물 흘리며
열사의 주검 위에
투쟁가를 바쳤다

—

*투쟁의 한길로: 박종화 작사 작곡. 강경대 열사가 제일 좋아했다는 곡
으로 1991년 오월 가장 많이 불렸던 노래.
*바쳐야 한다: 박종화 작사 작곡.

—

문익환, 91년 오월

강, 경, 대~~ 여얼싸아여어어어~~~!!!
박, 승, 희~~ 여얼싸아여어어어~~~!!!
김, 영, 균~~ 여얼싸아여어어어~~~!!!
천, 세, 용~~ 여얼싸아여어어어~~~!!!
박, 창, 수~~ 여얼싸아여어어어~~~!!!
김, 기, 설~~ 여얼싸아여어어어~~~!!!
윤, 용, 하~~ 여얼싸아여어어어~~~!!!
김, 철, 수~~ 여얼싸아여어어어~~~!!!
이, 정, 순~~ 여얼싸아여어어어~~~!!!
정, 상, 순~~ 여얼싸아여어어어~~~!!!
김, 귀, 정~~ 여얼싸아여어어어~~~!!!

91년 오월
열한 명 열사 곁에
백만 청년학도와 함께
문익환이 있었다

물
—단결에 대하여

놀라워라
한 방울에서 시작했는데
어느새 천백억 화신으로 나투고
떨어질 수 없는 하나의 물결이 된다

그대는 틈만 나면 합쳐서 하나가 된다
단결은 그대의 존재 원리
제1의 강령
철저히 함께 손잡고 움직인다
그대의 연대는 솜털처럼 부드럽고 강철보다 강하다
함께 흐르며 장애물이 나타나면 휘돌아가고
깊은 웅덩이를 만나면 조용히 인내하며 채워 준 뒤 흐른다
대지처럼 생명을 품으며
상처 난 물고기를 쓰다듬으며
기어이 바다로 간다
기어코 바다를 이룬다

오돌대

一

91년 오월, 투사들이 있었다
감꽃처럼 해죽은 얼굴에 불타는 눈동자
광주의 하늘빛 닮은 청년들
민족 동국 진리의 광장에 있었다

91년 오월, 오돌대가 있었다
최후의 일인까지 최후의 일각까지 정진하다 심우장에서
열반한
기미년 3.1 독립운동 민족혼의 표상 만해를 따르는 젊은
후예들 있었다
이승만 독재에 항거해 선두에 서서 경무대 진격한 동국
대 선배들
제일 먼저 총탄에 산화한 노희두 열사
6.3 한일협정 비준 반대 대학가 최초 시위 중 경찰 폭력
에 희생된 김중배 열사
광주에 내려가 시민군으로 참여해 마지막까지 도청을 사
수하다 산화한 1학년 박병규 열사
목숨 던져 파사현정의 깃발을 든 선배 열사들 닮은

二

오월돌격대가 있었다

공안통치 살인정권 군사독재를 끝장내기 위해
민주의 제단에 바친 11명 열사들의 꽃다운 넋 피우기 위해
구국의 횃불 서총련 40만 학도와 함께
91년 오월 항쟁 선두에 선
민족 동국 구국선봉대가 있었다

가장 선두에서
가장 치열하게
빛고을 오월대처럼 녹두대처럼
온몸 바쳐 투쟁하는
구국의 투혼 같은
오돌대가 있었다

*해줍다: '해맑고 수줍어하다'라는 뜻의 조어.

꽃씨

나 젊을 적에는 불씨를 품었네
어두운 길 밝히는 등불이 되고
압제와 폭압의 세상을 사르는 혁명의 불꽃 같은
한 점 불씨가 되고팠네
언제든지 조국을 위해
당당하게 민중을 위해
나 자신부터 사르는 사람이 되고 싶었네
사회구성체니 NL이니 PD니 혁명이니 잘 몰랐지만
그때 내게는 뜨거움과 사랑이 있었네
불의와 폭압에 분노할 줄 아는 뜨거운 가슴이 있었고
자신과 부모님 친구 선배 후배 이웃과 조국을 사랑하는
순일한 마음이 있었네
그것이면 충분했네
뜨거운 분노와 순일한 사랑이 내 심장에 금강석 같은 불
씨를 품게 했고
참으로 나는 그때 불꽃처럼 살았네

삼십 년 세월이 지나고
수많은 폭풍우와 눈바람이 수없이 가슴을 쓸고 지나갔네
어느덧 심장에 불씨도 사라지고

이제 나는 꽃씨를 품네 —

—

친구여

뜨겁고
아름답고
눈물겨웠던 날들은
소중한 날들은 가고
쭉정이만 남은 듯 인생이 버석버석해도

삶도
죽음도
마다하지 않던 날들은
빛나던 열정의 날들은 가고
말라 버린 빈 가지처럼 몸뚱이 서걱여도

그대와 함께한
젊음의 날들
뜨거운 맹세의 날들
이렇게 우리 강물처럼 흘러 역사의 뒤안으로 사라진대도
이렇게 우리 바람처럼 흘러 세월의 망각 속에 묻힌대도

친구여,
우리가 흘렸던 뜨거운 눈물은 대지를 적셔 이름 모를 들

꽃을 피우고 있나니
  우리가 품었던 뜨거운 사랑은 밤하늘 별처럼 아름답게
빛나고 있나니
  우리 청춘의 뜨거운 눈물 어찌 잊을 수 있으리
  우리 청춘의 뜨거운 사랑 어찌 잊을 수 있으리

오 학년의 가을

그대여
서서히 떠남을 이야기하는 오 학년의 가을은 깊어 갑니다

내 정수박이에
가을 하늘처럼 푸른 애국의 샘물 쏟아부어
잠자는 영혼 일깨우고
식민지 청년이 가야 할 길 가르쳐 주던 선배들은
해방의 꽃씨가 되어
노동의 대지로 날아가고

최루 연기 꽉 찬 오월의 가두
꽃병으로 타오르거나
애국의 노래로 물결치던
'올림픽 꿈나무' 팔팔 학번 동기들은
육 척 담장 안 수인으로
더러 짧은 대구리 푸른 군복 속으로
소주 한 잔의 맹세를 남긴 채 떠나고

고개 들어 쳐다볼 선배는 없고
쳐다보는 후배만 까마득한

걱정이 앞서는 동악이지만

오 학년의 가을이 깊어 갈수록 그대여
이제 나는 떠남에 익숙해져야 합니다
앞서간 선배가 그랬듯이
후배들의 가슴에 애국의 수를 놓아
영원히 잊히지 않는 아름다움으로만 남고
정든 교정과 사람들로부터 미련 없이
멀어져야 함을 압니다

하지만 그대여, 눈물이 납니다
후배들을 못 믿어서가 아니라
특별히 남은 미련이 있어서가 아니라
분노보다는 눈물이 앞서던 대학 생활
식민지 청춘의 참삶이 시작된 내 애국의 뿌리
명진관 앞에 서면
왜 이리 가슴이 꽉 차오르는지요

그대여, 가을이 깊을수록
잠들지 못하는 밤마다

나는 남산 소나무 숲을 흔들고 온 바람이 되어
명진관 주변을 서성입니다

제2부

그때

조국을 위해 청춘을 불사를 수 있었던
그때

혁명을 위해 목숨 바칠 수 있었던
그때

사랑을 위해 온몸 던질 수 있었던
그때

그때
나는 죽었어야 했다

두 개의 불꽃

　一　　돌이켜 보면
　　　　내게 두 개의 불꽃이 타오르고 있었네

　　　　전제와 폭압을 불사르는
　　　　시대의 어둠을 불사르는
　　　　불꽃
　　　　강철 같은 신념으로
　　　　불퇴전의 치열함으로
　　　　자신을 불태우는 불꽃
　　　　이기적인 자신을 불태우는 불꽃

　　　　말하지는 않았지만
　　　　억누르고 있었지만
　　　　라일락 향기보다 아찔한 그녀의 웃음소리
　　　　버드나무처럼 가녀리고 대나무처럼 고고한
　　　　그녀를 향한 뜨거운 가슴
　　　　타오르는 불꽃
　　　　청춘의 불꽃

　二　　내게도

두 개의 불꽃이 타오르고 있었네 —

—

사랑하였으므로 사랑하였네라

—

별꽃이 지천으로 피어
꿈결의 약속인 듯 축복의 메아리로 퍼질 때
그대를 향한 내 마음은 코스모스처럼 한들거렸지요
그래요
삶이 그대를 속이기 전에 바람이 그대의 머릿결을 흔들고
지나갈 때
그것이 꽃처럼 아름다운 인생의 미래를 약속하진 않는다
는 걸
알지만 알면서도 마냥 행복했었지요
두려움도 결코 우리를 갈라놓지 못하고
창공을 향한 눈빛을 가릴 수 없었지요
미래는 설렘으로 꿈틀거리는 보물 상자같이
기대하게 하고 부풀게 하고 꿈꾸게 했어요
그게 당신이었어요 그래요 바로 당신이었어요
그런 당신을 사랑했던 것이지요
삶이 그대를 속이기 전에 바람이 그대의 머릿결을 흔들고
지나갈 때
그걸 바라보며 온몸이 설렘으로 가득 차던 나
아 그때는 그때는
사랑이 오로지 사랑이었으므로

—

밤하늘의 별이 늘 내 가슴에 내려와 빛나던 시절이었지요　　　　　—

—

남산 숲길에 옛사랑의 그림자를 두고 왔다

一

그대 모른 채 홀로 걷던 길
그대 처음 만나던 길
그대 생각에 설레던 길
그대 처음 손잡던 길
그대 라일락처럼 향기롭던 길
그대 해바라기처럼 웃던 길
그대 단풍처럼 물들던 길
그대 말이 없던 길
그대 저물 무렵 긴 그림자 말없이 늘어뜨리던 길
그대 낙엽처럼 쓸쓸해지던 길
그대 작별하던 길
그대 보내고 혼자 울던 길
그대 잊으려 걷던 길

그리움에 밤새 걷던 길
온통 그대였던 길

남산 숲길

一

사랑하는 그녀에게 차마 이별을

사랑하는 그녀에게 차마 이별을
말할 수 없어
밤하늘 별무리 바라보면서
새벽녘 이슬방울에 옷깃 적시며
말없이 말없이 떠났지요

꽃이 피고 지고 새들이 왔다 가도
만남을 위한 약속된 이별은
노래하지만 노래 부를 수 있지만
만나지 못하는 평행선처럼 억겁을 흘러가도
언제 다시 스쳐라도 가리오
기약 없는 인연에 차마 한마디 못 하고
돌아섰지요

겨울비에 젖은 단풍나무가

초겨울 내리는 비가
담벼락 너머 산등성이까지
처마 끝 멀리 저 멀리 하늘까지
그립고 쓸쓸한 자취를 남긴다

초겨울 내리는 비가
서럽고 쓰리던 젊은 날의 영혼을
차마 부르지 못한 뜨건 날의 사랑을
초혼처럼 불러내 붉은 잔을 채운다

겨울비에 젖은 단풍나무에 밤새 핏물 스민다

가을 향기

눈물로 당신을 보낼 때
단풍은 그리도 곱게 물들었지요
이별의 아픔은 잠시지만
사무치는 그리움은 못내 잊히지 않는다더니
고통스런 이별은 끝끝내 사무치고
그리움은 살을 에는 아픔이 됩니다

찬바람이 불어도 늦가을 비가 내려도
지상을 향해 떨어지는 나뭇잎은 천상의 약속을 잊지 못해
밟히고 쓸려도 속울음 삼킵니다
하이얀 눈 수북이 쌓여 그리움 덮으면
새봄 새싹 돋을 때까지
시린 푸른 꿈 꾸겠지요

젊은 날의 사랑은 가고

—

산 너머
산 너머 너머 산그림자 깊어 가는
가을 강을 건너는
눈물인 듯 설움인 듯 시린 눈가에
옛사랑의 노래가 흔들린다
사랑이여
가을 산 그림자처럼 쓸쓸한 사랑이여
누군들 슬퍼하지 않으랴
지나간 것은 아련한 추억의 끄트머리를 맴돌고
가 버린 날들은 긴 메아리의 울림처럼 빈 산을 떠돈다
뜨거웠던 청춘을 뒤로한 채 골목길 걸어가는
쓸쓸한 사랑이여
누군들 불꽃이 아니었으랴

—

한 사람을 위해

나는 오늘 밤 목숨을 걸고
술을 먹었다
한 사람을 위해

나는 오늘 밤 목숨을 걸고
노래를 불렀다
한 사람을 위해

나는 오늘 밤 목숨을 걸고
이야기했다
한 사람을 위해

나는 오늘 밤 목숨을 걸고
이 밤을 보낸다
오직 한 사람을 위해

강

그대를 생각하면
서러운 물안개에 얼굴 숨긴 채 흐느껴 우는 강이 흐른다
붙잡으려 할수록
기약 없는 먼 곳으로 흘러가는 강물처럼
내게서 멀어져 가는 그대
은사시나무가 자꾸 어깨를 들썩인다

한 사람을 지웠다

오랫동안 잊히지 않는 사람
그가 떠난 게 믿기지 않아
하루 가고 한 달 가고 일 년이 가도
꿈인 듯 생시인 듯 자꾸 생각나
문득 길거리에서 마주쳐 환하게 웃을 것만 같아
불현듯 전화 걸어와 안부를 물을 것만 같아
함께하자고 다시 함께하자고
이번에는 반드시 이뤄 보자고 만들어 보자고
꺼져 가는 열정을 북돋을까 봐
잊힌 꿈 흔들어 깨워 다시 일어서게 할까 봐

떠난 후에도
차마 지우지 못하던 이름
새해 첫날 아침 한 사람을 지웠다

봄밤 꽃비 내리는데

봄밤
꽃비 내리는데
나는 눈물 흘리네
옛일 떠올라 자꾸 떠올라
그때 부르던 나의 노래 우리의 노래 세상의 노래
나지막이 부르며 봄밤을 홀로 걷는다

걷잡을 수 없이 세월이 흐르고
그 세월에 우리의 노래도 함성도 떠내려가고
눈물로 다지던 약속도 꿈도 사라졌다
축제가 끝난 광장을 스쳐 가는 바람처럼
허허롭고 텅 빈 가슴에
꽃비 내리는 봄밤

어느 날 길은 보이지 않고 뒷모습만 보이고

추억이 쌓인 만큼 나이 들었나
쓸쓸한 뒷모습 자꾸 보이네

넘어지고 쓰러져도 깨지고 짓밟혀도
보석처럼 단단해지던 의지
밤하늘 별처럼 어둘수록 더욱 빛나던
청년의 꿈 혁명의 노래

어느덧
청년은 사라지고,
혁명이 사라지고,
길이 사라지고,
앞이 보이지 않는다

눈을 감아도 보지 않아도 보이던 길이
두 눈 부릅뜨고 보아도 보이지 않는다
앞만 보고 왔으나 앞이 보이지 않는다
보이지 않던 뒤만 보인다
앞을 보아도 뒷모습만 보인다

만해시비(卍海詩碑) 앞에서

—

　해거리하는지 동산 초입 모과나무는 연노란 전구를 서너
개만 밝혔다
　차마 떨치고 갈 님도 작은 길도 없는데
　목놓아 노래 부르는 이도 없는데
　내 가슴에 무담시
　붉은 눈물 같은 단풍이 든다

　책장 하나 제대로 넘기지 못했는데
　영화 필름 돌아가듯 삼십 년이 흘렀다
　고사리 같던 아들딸이 자라 예전의 내 또래가 되고
　망각의 주술에 갇힌 채 무심히 돌아가는 세상
　눈물겹도록 뜨겁고 치열했던 91년 오월의 이야기는 전생
처럼 아슴해지고
　신록처럼 푸르고 싱싱하던 청춘의 서사시도 낙엽처럼 빛
이 바랬다

　세상이 늙어 버린 것일까
　우리도 헛간에 있는 농투사니 아부지의 먼지 쌓인 지게
처럼 낡아 버린 것일까
—　충무로에서 종로까지 어깨 걸고 전진하던 벗들의 뜨거운

64

외침 생생한데
  온몸 던져 목숨을 바쳐
  민중의 대지에 조국 사랑의 꽃불을 놓은 11명의 열사들이
  아직도 심장을 달구는데

  그토록 열사들이 살고 싶었던 오늘을 제대로 살아왔는지
  목숨을 던지며 열사들이 꿈꾸었던 세상을 만들어 왔는지
  뒤돌아보는 중년의 고갯길
  부끄러움과 미안함에 홀로 눈물 젖는다

  목멱산 자락 따라 내려온 잔잔한 바람과 맑은 햇살
  적멸 같은 고요 만해시비 어루만지고
  가끔 참선에 든 소나무 눈꺼풀 움직이는
  늦가을 오후

친구에게

一
　　쇠고기 군데군데 뜬 미역국
　　희허연 김 모락모락 오르는 밥을
　　앞에 두고 한참이나
　　앉아 있었네

　　벌써부터 개나리 피어쌌는데
　　이제금 교정마다 가득 가아득
　　진달래 목련일랑
　　피어날 텐데

　　오늘이 삼월 십 일 자네 생일날
　　미역국이나 먹었을랑가, 자네
　　까막소 들어간 지 오 개월째니
　　엔간히 입맛이야 맞췄겠네만
　　자네
　　밤새워 뜬눈으로 울음 울다가
　　외아들 생일 아침 눈물밥 자셨을 어머님 생각에
　　한술이나 제대로 떴을랑가

二
　　가막소에 있으면

66

못 견딜 것이
무시로 발작하는 그리움이라는데

매일매일 꿈마다 찾아오는 못 잊을 이름들
자네는
이른 새벽 냉수마찰로 씻어 낸다 하지만
문신처럼 새겨진 어머님 모습이야
지울 수 있겠는가

거친 가막소 밥 씹으며 곱씹으면서
자네, 오늘은 얼마나 애절했겠나
독거방 창사에 걸린 푸른 하늘
봄바람이 오죽했겠나
생일날 아침, 자네

별 1

一

별을 보며 죽음을 생각한다 죽음의 죽음을 생각한다
죽음 너머 빛나는 세상을 본다
죽으면 다 끝난다는 죽음 그 이후의 생을 상상조차 못 하는
죽음에 대한 짧은 생각을 생각한다
지금 저렇게 밤하늘을 수놓으며 빛나는 별들은
사라진 별들
이미 몇 천 년 전에 사라져 버린 별들이
지금 밤하늘에서 빛나는 것이다
끝없는 우주에서 이미 사라진 별들이
끝없이 빛나는 것이다

밤하늘의 별을 보며 죽음 너머 불멸을 본다

一

별 2

어둠 속에서만 별은 빛난다
별은 어둠이 잉태한 그리움

무릇 모든 생명은 어두운 동굴 속에서 영그나니
그대도 열 달 어둠의 동굴 속에서 빛을 키운 후에야
세상을 깨우는 밝은 울음소리 터뜨렸다
나뭇잎은 나무 속에서 꽃잎은 꽃 속에서
깊고 푸른 어둠의 시간 속에서
어둠을 물리친 뒤에 어둠을 먹어 치운 뒤에야
더는 어둠이 남지 않은 뒤에야
빛나는 세상으로 빛을 내면서 온 것이다

어둠은 빛의 또 다른 이름
이 밤도 빛나는 별을 위해 한 그루의 나무처럼
나는 어둠 속에 서 있다

차 한잔하고 싶다, 그대여

가을빛 깊게 물들어 가고
찬바람 옷깃 스치니
자꾸만 저 먼 하늘을 보게 돼
자꾸만 홀로 걷게 돼

내가 가야 할 곳도 잃어버린 채
내가 닿을 수 있는 곳도 모른 채
꽃들은 저렇게 피고
새들은 저렇게 날아오르는데
자꾸만 떠돌게 돼 맴돌게 돼

기억 저편으로 사라진 날들
빛바랜 책장 속 화석처럼
곱게 고웁게 빛나는 추억의 책갈피
눈물 흘리며 밑줄 치며 읽었던 책 제목마저 잊어버렸지만
화인처럼 새겨진 그대와 그 시절 그 젊은 빛나는 날들
오늘도 저 별처럼 빛나고 있는데

어찌 나는 그날을 뒤로하고 살 수 있었을까
어찌 나는 그날을 애써 눈감으며 살아왔을까

지나온 삼십 년이 텅 비어 버렸네
아무리 열심히 몸 부대끼며 달려왔지만
난 빈껍데기
한숨에 무너져 사라지고 타고 남은 재뿐이네
되돌릴 수만 있다면 되돌릴 수만 있다면
날 적시고 흘러간 강물은 되돌릴 수가 없네
내 이마를 스치고 지나가 버린 바람은 붙잡을 수가 없네

가을이 더 깊어지기 전에
차 한잔하고 싶다, 그대여

오색

一
설악산 오색에서
칩거하면서
한 달 내내 김광석 노래만 들었어

시대의 어둠을 밝히기 위해 그가 들었던 횃불은
애달픈 양식마저 되지 못하던
조그만 읊조림 같은 노래였지
바람이 불면 꺼질 것 같은 연약한 촛불이었지

그가 밝히려 했던 어둠의 세상이 채 물러나기 전에
또 다른 미지의 세계로 자신을 던져 버리자
그때야 우리는 알게 되었지
그의 노래를 들었던 사람들의 가슴마다
흙탕물 속에 피어난 연꽃처럼 작은 등불이 켜져 있고
어느새 그의 노랫가락은 강물처럼 대지를 적시고 있었지

애절하고 애틋하고 시린
그의 노래를 듣다 보면 어느새 우리는
하나의 강물이 되어
一
바다로 향하고 있었지

들었던 곳 불렀던 자리는 제각각이지만
그의 노래는 끝내 우리를 바다로 불러내었지

그는 너무나 빨리 시대의 어둠을 끌어안고 가 버렸지만
그의 노래는 아직도 우리의 가슴을 끌어안고 있지

*애달픈 양식, 조그만 읊조림: 김광석의 「나의 노래」 중.

제3부

성산포 아가씨

시대의 아픔을 노래하던 시절
정의의 불꽃을 피우던 시절
사랑은 가슴 한켠에 묻어 두어야 했던 아름다운 사치였다
늘 결전에 나서는 전사처럼
내 심장을 오롯이 조국을 위해 바치고 싶었다
사랑에 빠져 조국을 멀리하는 인간이 되고 싶지 않았고
누군가를 사랑한다면 걷잡을 수 없이 사랑에 빠질 것 같
아 두려웠다
사랑은 불온했다 내게 사랑은 시한폭탄이었다
가슴에 시시때때로 뜨거운 불길이 타올랐지만
차가운 이성의 찬물을 정수박이에 들이부어 꺼 버리곤
했다
그러던 내가 그러던 내가
한순간에 무장해제당했다
속절없이 무너져내렸다

4학년 그해 여름

성산포 아가씨였다

그러니 그대와의 첫날을

그대와의 첫날을
어찌 그대와의 첫날을 잊을 수 있겠습니까
그대를 본 순간 뒤돌아 그대를 처음 본 순간
감전된 사람처럼
다운된 컴퓨터처럼
굳어 버렸지요 몸속 모든 세포가 동시에 작동을 멈춰 버렸지요
시간이 멈추고
지구가 자전을 멈추고
별들이 운행을 멈춘
찰나 그 찰나에 불가설 불가설 무량겁이 흘렀지요

보름달이 뜬 것도 아닌데
당신에게 쏟아지는 은은하고 밝은 별무리가
천지를 환하게 밝히고
아찔한 현기증에 휘청거리고 말았지요

그러니 첫날을 그대와의 첫날을
어찌 잊을 수 있겠습니까
모든 게 사라지고 오직 그대만 존재하던

그 순간만은 생생하게 오롯이 남아 있으니까요
더 이상 시작도 끝도 없는
생길 것도 사라질 것도 없는
완벽한 그대로 거기 있으니까요

첫사랑 1

내가 수줍은 내가
사랑이라 부끄럽게 사랑이라 말할 때
세상이 멈춰 버린 줄 알았어요
심장이 터져 버린 줄 알았어요
그녀의 눈을 바라보면서
꼭꼭 숨겨 놓았던 꾹꾹 눌러놓았던
애타는 마음 애틋한 사연
꺼내 꽃처럼 그녀에게 전할 때
세상의 모든 소리 다 사라지고
심장 뛰는 소리만 들렸지요
세상의 모든 모습 다 사라지고
그녀의 맑은 눈동자만 남았지요

첫사랑 2

봉숭아 꽃물 들이며
첫눈 올 때까지
새끼손가락에 꽃물 있으면
정말로 첫사랑이 이루어지는 줄 알았지요

첫눈 오는 날
눈썹달처럼 남아 있는
새끼손가락 끝 꽃물이
그제야 첫사랑이 떠나간 흔적인 줄 알았지요

사랑 1

─   말없이 그대를 바라본다

높푸른 하늘 바라보듯
비 갠 앞산 바라보듯
유유히 흐르는 강물 바라보듯
이슬 머금은 나팔꽃 바라보듯
저 멀리 반짝이는 별을 바라보듯

내 목숨의 시작과 끝
들숨 날숨 바라보듯
그대를 본다

그대 눈동자에 비친 나를 본다

─

사랑 2

그렇게 사랑해도
함께 있어도
아직 난 몰라

말로는 다다를 수 없는 세계

손 내밀면 거품처럼 사라지고
눈 감으면 불에 덴 듯 생생한
당신

사랑니

一

지독한 사랑을 앓을 때는
멀쩡하더니
사랑이 떠나가고 마음도 가고 사랑했던 기억도
사라져 버려
두 번 다시 없으리 없으리라던
한여름 밤 꿈인 양 한바탕 덧없는 얘기러니
그러려니 그러려니 했는데
사랑 잃은 날들이
쌓여만 가는데
이젠 호수처럼 평화로운데

상처도 없이 뜨건 사랑도 없이
열도 열병도 없이
밤새 욱신거린다
통째 욱신거린다

一

단풍

한 점 불씨도 없이
온 세상에 꽃불을 놓는
사랑

소리 없는 혁명

그대, 좋아

별처럼 빛나지 않아도 좋아
달처럼 은은하지 않아도 좋아
눈처럼 눈부시지 않아도 좋아
비처럼 적시지 않아도 좋아

하늘처럼 여유롭지 않아도
땅처럼 넉넉하지 않아도
산처럼 푸르지 않아도
물처럼 자연스럽지 않아도

불처럼 뜨겁지 않아도 좋아
바위처럼 듬직하지 않아도 좋아
나무처럼 편안하지 않아도 좋아
꽃처럼 예쁘지 않아도 좋아

그대라서 좋아
그대니까 좋아
그러니까 좋아

강

그대와 매일 한 이불 덮고 자지만
23년을 한 집에서 밥 먹고
이야기하고
티격태격하고
애 둘 낳아 키웠지만
나는 아직도
알지 못한다

그대 안에 흐르는 깊은 강

문득

문득
그대 생각

일 없을 때야 그렇다손
한창 바쁜데
문득
하릴없이

눈먼 처음에사 그렇다손
매일매일 함께해
지겹도록 함께인데
뜬금없이

기도 1

누라 씨에게 혼나지 않고
하루를 시작하고
하루를 보내고
하루를 마무리하는 것

누라 씨 화내지 않고
웃으면서 시작하고
즐겁게 보내고
행복하게 잠드는 것

가족들도 나도
누라 씨도
그렇게 매일매일 살아가는 것

*누라 씨: 나의 아내.

늦깎이 아들이 사랑스러워

우리 집에서 제일 키가 크다네
마흔 넘어 낳은 자식
애 엄마 걱정이 태산 같았는데
장가보낼 때면 우리는 일흔이 넘을 텐데
이리 늦게 낳아서 어떡하자는 것이냐며
내 인생은 애들 뒷바라지하는 것으로 끝날 것 같다며
불만이 끊이질 않았는데
집사람이 악다구니까지 받쳤는데
지금은 아들 크는 재미가 쏠쏠한가
아들만 보면 표정이 부드러워지고 말투도 나긋나긋해진다
이제 중학생인데
우리 집에서 제일 큰 아들
나보다 한참 더 큰 아들

하늘 아래 당신이 있었습니다

하늘 아래 당신이 있었습니다
비바람 불어도 온갖 풍상 세월 견디며 묵묵히 나무처럼
봄 여름 가을 겨울 꿈인 듯 생시인 듯
스쳐 가는 바람인 듯 지나가도
눈 하나 깜빡이지 않고
당신이 있었습니다 이 하늘 아래

내가 가장 힘들 때
삶과 죽음의 경계선에서 흐느낄 때
천년 바위처럼 듬직하게 옆을 지켜 준
당산나무같이 든든하게 비바람 막아 준
당신이 있었습니다 이 하늘 아래

아부지

아버지는 아버지가 아니고 아부지다 아버지는 새로 산
냄비 같고 아부지는 오래된 뚝배기 같다 아부지! 하고 부
르면 고구마 줄기줄기에 달린 굵은 알맹이 같은 가난과 배
고픔과 호롱불처럼 정겹고 따뜻한 추억이 따라 나오고 부
족해도 웃음 넘치던 옛 시절의 행복이 주렁주렁 열린다 평
생을 짊어져야 했던 당신의 어깨 너머로 낡은 지게와 소처
럼 일구던 밭과 누비옷을 짓듯 한 땀 한 땀 만들어 간 논배
미가 보이고 아부지, 하고 부르면 당신의 웅숭깊은 사랑의
우물이 출렁인다

오늘도 삽을 메고 무논으로 들어가시는
아부지 아부지 울 아부지

어머니

 밤하늘 별처럼 당신은 끝 모를 저 먼 우주로부터 와서 내 영혼의 뜨락에서 반짝입니다 갠지스강의 모래알처럼 불가설 불가설 수많은 존재 중 오직 당신이 당신만이 바람에 날리는 풀씨 같은 저를 위해 작은 집을 지어 비바람 눈보라와 천둥 번개로부터 지켜 주고 깊은 명상 같은 안온함 속에 키워 주셨습니다 당신이 나를 위해 만드신 집보다 더 따뜻하고 포근하며 평화로운 집을 여태껏 본 적이 없습니다 그 집에서 당신과 탯줄로 이어져 있던 그때야말로 내가 꿈꾸는 평화와 누리고픈 행복의 시작이자 끝입니다

 당신이 있기에 오늘도 나는
 긴 터널 같은 어두운 밤길 지나
 이마를 밝히는 새벽빛을 맞습니다

엄마

열 달 동안 통으로 방을 내주고
삼시 세끼 먹여 주고
시도 때도 없이 챙겨 주면서
돈 한 푼 받지도 못하고
임차인에게 쩔쩔매는
희한한 조물주 위의 건물주

김장김치

시골에서 김장김치가 배달되었다
사과 박스 두 개에 가득
남도 특유의 맛과 향이 그득 밴 포기김치가 오감을 자극
한다
역시 우리 시골 김치
뜨건 김 모락모락 저녁밥에 찢어 먹으며
맛있어 맛있어 오메 맛있어

벌교 어머니께 전화 드리니
강진 큰형수님이 특별히 담가서 보낸 것이란다
아프고 힘이 들어 당신은
이제는 더 할 수가 없단다

아파트 복도에 서서 먼 하늘 바라보는데
배춧속 같은 슬픔이 차오른다

어린이날

―

바짝바짝 타는 입술처럼 메마른 대지에
젤로 친한 친구처럼 반가운
빗줄기 쏟아지는
어린이날

이순(耳順)의 정경희 어린이가
미수(米壽)의 아버지와 여든넷 어머니 뵈러
전라선 기차 타고 내려가는
어린이날

― *정경희: 올해 예순이 된 내 누이다.

96

내 어릴 적 고향집 마당

가을 하늘에 하얀 솜사탕 같은 구름이 배부른 물고기처럼
찬찬히 헤엄친다
며칠 전 탈곡한 나락들이 떼 지어 일광욕하는 마당 위로
한가한 고추잠자리들의 순회 비행
흐르는 물에 떠가는 작은 꽃잎 같은 고추잠자리 그림자
들이
흑백 영화처럼 나락 위를 지나간다
바람이 불 적마다
마당가 단감나무 잎사귀 사이로 주황색 감들이 탱글탱글
하고

한때의 고요와
이따금 불어오는 바람과
시월의 가을볕이 동거하던
고향집 마당

당산 팽나무가 사라졌다

어릴 적 내 살던 마을에 나무 하나 있었지
삼십여 가구 꼬막껍데기 엎어 놓은 것처럼 오순도순 정
다운
꿈인 듯 아름다운 추억 깃든 곳
하늘 가린 거대한 팽나무
농투사니 울 아부지 손가락 같은 거친 뿌리가 심줄처럼
튀어나온 당산 팽나무

한여름 아이들이 구슬치기하고
더위 피하는 할아버지들이 부채질하고
가을에는 우두두두 간식거리 내려 주었지
시오리 길 초등학교 갈 때 아침마다 모여서 가던 당산
큰일이 있을 때마다 마을 사람들이 모이던 당산
우리 마을 들어올 때 인사하고
상여 타고 먼 길 떠날 때
세 번 돈 다음 고하며 나가던 당산 팽나무

삶과 죽음의 한복판에 말없이 서 있던
팽나무가 사라지자 당산도 사라졌다
더는 마을 사람들이 모이지 않는다

고향 들길을 걷다가

고향 들길을 걷다가
엉겁결에
꽃 하나 꺾었네
넘넘 예뻐서

고향 들길을 걷다가
엉겁결에
꽃 하나 꺾어서
넘넘 울었네

윷놀이

새해 가족들과 윷놀이
아내와 딸과 아들과 윷을 던진다

도도 좋고 윷도 좋다
개도 좋고 모도 좋다
걸걸한 걸도 좋다

한걸음에 달려도 천천히 걸어도
지름길로 뛰어도 돌아돌아 걸어도
두 개 세 개 없어 가도 혼자 가도
즐겁다
새해는 즐겁다

똥통에 빠져도 빽도가 나와도
이래도 저래도
즐겁다

하얀 눈이 내려

하얀 눈이 내려
걷잡을 수 없는 마음에도 평화가 쌓인다
죽일 놈 살릴 놈 쌈질하던 옆집도
사이좋게 한 집안 한 동아리가 된다

하얀 눈이 내려
산에도 들에도 꽃에도 나무에도
길에도
가진 자든 못 가진 자든
천하가 고요히 한 이불을 덮는다

꽃샘바람 부는 어느 봄날 오후 대나무 숲을 지나다 생에 대해 생각하다

대나무숲을 요동치던 바람이 나의 머리채를 잡아 흔든다

죄지은 것도 없이
가슴이 두근거리고
두려워졌다

뒤돌아보면 흔적 없는 인생길
앞은 보이지 않고
습관처럼 과거로 회귀하는 오십 중반

산다는 것이 아마득하다

달팽이처럼 자꾸만 안으로 움츠러드는데
속절없이
노란 산수유 웃음 터트린다

제4부

그대가 가 버린 다음에

그대가 가 버린 다음에야
그대가 정말 가 버린 다음에야
그대를 알았습니다

그대가 사라진 다음에야
그대가 진짜 사라진 다음에야
그대를 느낍니다

그대가 먼 길 떠난 다음에야
그대가 영영 먼 길 떠난 다음에야
그대가 전부였음을 깨닫습니다

바람이 불어 사랑에게로 간다

바람이 불어 그리운 그날로 간다
잊힐래야 잊힐 수 없는 것들도
세월이 흐르면 낡은 사진첩 빛바랜 사진처럼
물 빠진 옷감처럼 탈색되지만
기억의 저편에 남아 있는 상실의 아픔은
붉은 피 뚝뚝 떨어지는 상처보다 고통스러운 법
아무도 부르지 않는 잊힌 노래처럼 세월은 흘러도
혼자 부르는 노래는 차라리
쓸쓸한 거리를 더욱 환하게 밝히지

목숨처럼 소중한 사랑을 잃어버린 사람에게는
즐거움마저 아픔이지
삼라만상이 고통이지
세월이 흘러 먼 훗날이 되어도
생을 달리해 천 번 만 번 죽고 태어나 몸을 달리해도
억겁의 굴레처럼 어찌할 수 없을 때 어찌할 수 없을 때
바람이 불어서 바람이 되어서 나는 가지
그리운 그날의 사랑에게로 가지

나는 왜 흔들리는가

불혹도 옛사람의 일인 양 지난 지 오래
지천명도 한참 전의 과거사
이제는 이순을 바라보며 걷는 나이

아직도 유혹은
바이러스처럼 들숨에 섞여 들어와 온몸에 퍼지고
하늘의 뜻은 알 길이 없다
마음자리는 매일 짙은 황사

차라리 꽃이라면 코스모스처럼 하늘거릴 텐데
꽃도 아닌 것이 나무도 아닌 것이
바람 불 적마다 흔들리누나

그 누구도 아닌데
그 무엇도 아닌데

어느 날 꿈속으로 그대가 오면

어느 날 내 꿈속으로
그대가 오리라
슈퍼컴퓨터도 AI도 찾지 못하는 그곳으로
파동처럼 그대가 오리라
어느 날 내가 사는 꿈속으로 그대가 오면
바위처럼 단단한 땅이 빛처럼 변하리라
그 빛으로 나 그대를 위해 홀로그램을 만드리
그대 손길 닿는 곳엔
수억 겁의 세계가 피어나고
돌처럼 굳어 있던 땅에 보배꽃이 만발하리
1차원과 4차원이 한 몸인 세계에서
무지개처럼 빛나리

어느 날 내가 사는 꿈속으로
빛처럼 그대가 오리라
그러면 지옥이 극락으로 변하고
염라대왕의 얼굴이 관세음보살의 자비로 가득하고
무간지옥 화탕지옥은 칠보로 가득하리라
선도 사라지고 악도 사라진
절대 순수와 청정무구한

세상이란 오직 이것뿐
어느 날 나의 꿈속으로 그대가 오면
과거와 미래가 한 몸인 곳에서
나 그대를 맞으리

*유하의 「어느 날 나의 사막으로 그대가 오면」 참조.

그때다

사랑하는 마음이 올라와 몸이 뜨거워지고 숨이 가빠질 때
미워하는 마음이 올라와 꼴 보기 싫고 생각만 해도 기분 나쁠 때
분노하는 마음이 올라와 눈에 쌍심지가 켜지고 머리카락이 곤두설 때
좋아하는 마음이 올라와 가까이 두고 소유하려는 욕망이 꿈틀거릴 때
싫어하는 마음이 올라와 만사 귀찮고 짜증이 가득할 때

그때다

거울을 볼 때가
쇼윈도를 쳐다보듯
자기를 바로 볼 때가

가을, 하늘, 어떤 날

가을도 좋고 하늘도 좋다
청명한 날씨에 저절로 주름이 펴지는 아침
발걸음마다 모차르트가 들리고
생기 샘솟는 청신한 기운 올라오는 출근길 위로
쏟아지는 햇살이 눈부시다

간밤 태풍이 야무지게 비설겆이라도 한 듯 백악산이 우
뚝하다
저 멀리 관악도 손 뻗으면 닿을 듯하고

가을 하늘 아래 서면
세상사 다 내려놓고
한 번쯤 행복을 이야기해도 좋으리

가을이라 좋고 하늘이라 더 좋다

기도 2

나의 기도는
사랑하는 이도 미워하는 이도 없는 것입니다
좋고 나쁨도 없고
기쁨도 슬픔도 없고
즐거움도 없고 괴로움도 없고
행복도 고통도 없고
극락도 지옥도 없고
지혜도 무명도 없고
해탈도 번뇌도 없고
깨달음도 없고 미혹도 없고
빛도 없고 어둠도 없고
태어남도 죽음도 없고
나도 없고 남도 없는 것입니다
오직 없는 것입니다
오직 없는 가운데 오롯이 있는 것입니다

생각 하나가

소리는 담쟁이처럼 기어이 거대한 벽을 넘는다
노래는 자유로이 창공을 나는 새처럼 국경을 넘는다
생각은 쇠창살을 뚫고 거대한 벽과 국경을 넘어
대지에 싹을 틔운다

생각 하나가
푸른 숲을 이루고
불멸이 된다

도솔천(兜率天) 유감

一　　하필이면
　　　수미산 꼭대기에 있을 게 뭐람
　　　그 꼭대기에서도 허벌나게 올라가야 할 게 뭐람
　　　죽어야 갈 수 있을 게 뭐람

　　　석가도 미륵보살도 한량없는 중생을 한량없이 사랑하셨
　　다는데
　　　부처도 보살도 중생이 어머니시라는데
　　　애써 올라야 그렇게 힘들게 올라야
　　　그렇게 생을 바쳐 죽음으로 교환하고 나서야
　　　첩첩으로 진입 장벽 통과해야 받아 주는 곳에
　　　그곳에 도솔천이 있을 리가

　　　사생의 자부이고 만중생 자비의 화현이신 분들이
　　　힘들고 가난하고 서러운 중생을
　　　수험생처럼 뺑뺑이 돌리고
　　　재벌 3세처럼 유세 부리고 권력자처럼 줄 세울 리가 있
　　을라구

一　　나 살아 도솔천 가고 싶어

114

모두 함께 가고 싶어
모든 계단 없애고 문턱 없애고
내 맘대로 도솔천 가는 길
새로 내는
여름밤

석불전 부처님

뜬금없이
보고자와

숨겨 둔 애인 찾아가듯
밤중에 오밤중에
비는 쏟아지는데
바람은 몰아치는데

별도 달도 없는 길을 무작정
걸어 걸어서
도선사 석불전 부처님께
백팔배 올리니

천지간에 평화요
마음속에 연꽃이라

후딱 밤은 지나고
홀딱 나는 다 젖고

금강경

화장실에서 금강경을 읽다
如是我聞

볼일 보며 금강경 사구게를 독송하다
凡所有相 皆是虛妄
一切有爲法 如夢幻泡影

손을 씻으며 금강경을 버리다
如是如是 如是如是
應無所住 以生其心

해우소를 나서며 한바탕 웃다
如是我門

통일

하나가 되는 것만이 통일이 아니다
통일은
둘이 아니라는 사실을 자각하는 것

똑같아지는 것만이 통일이 아니다
통일은
다름을 알고 다름의 가치를 인정하고
다양함을 몸속 깊이 받아들이는 것

더욱 커지는 것만이 통일이 아니다
통일은
작지만 아름답고 당당하며
크지만 겸손하고 열려 있으며
물처럼 바람처럼 있는 그대로 자유로워지는 것

통일은
나와 너를 알고 서로를 이해하는 지혜
부족한 나와 문제 있는 너를 인정하고 받아들이는 용서
나의 아픔과 너의 고통을 한 몸처럼 느끼는 자비
서로의 존재를 더욱 아름답게 가꿔 가는 정진

통일은
나다워지는 것
너다워지는 것

그리하여 통일은
이웃이 되는 것 진정한 벗이 되는 것

언어도단

내가 사랑을 노래하면 그는 꽃이 진다고 한다
내가 삶을 찬탄하면 그는 적멸을 노래한다

나는 알지 못한다
그가 말을 하는 것인지 꿈을 꾸는 것인지
옛사람의 그림자를 말하는 것인지
몇 생을 지난 어느 봄날 담벼락에 기대어 아지랑이를 노
래하는 것인지
그의 말은 내 귀에 스치지 않고
전두엽이나 후두엽 또는 정수박이에서 출렁이지도 않고
심장 판막을 통과하지도 않고
눈과 코와 입과 촉감에도 걸리지 않으면서
핏줄을 따라 흐른다

그는 말하지 않으면서 내게 말한다
나는 묻지 않았고 그는 말하지 않았다

금산사(金山寺)의 밤

모악산(母岳山) 저 멀리서
날 세운 소쩍새 울음소리 어둠 속에 박히고
님 잃은 여인네 가녀린 눈빛 같은
서글 푸른 눈썹달 하나 자꼬만
대중방 한지 바른 방문을 기웃거린다
무릎 꺾인 백제의 꿈처럼 엎드려라
밑으로 밑으로 낮은 포복으로 기어가는
눌연계곡 퍼른 물
소리 없이 머리맡을 적시다 가끔
큰 울음 토한다
미륵전 높이 매달린 견훤의 넋인가
밤새도록 풍경은 울어 쌌고

이 밤이 다하기 전
잠시, 용화세상 슬픈 꿈을 꾸리라

죽음 그 너머를 생각하다

삶도 모르면서 제대로 살지도 못하면서
죽음을 생각한다고 나무라지 마
삶 너머에 있기도 하고 삶 속에 있기도 한 것이
마치 호흡과도 같이 떼려야 뗄 수 없는 게
죽음이니까

삶은 이렇게 체험하고 다른 사람과 나눌 수 있지만
죽음은 체험할 수는 있지만 다른 사람과 나눌 수 없으니
생각해 보는 거지
죽음 그 너머를 생각해 보는 거지

삶이 다하는 날 그가 어떻게 어떤 모습으로 나타날지
내가 그걸 알 수 있을지 그 모습을 볼 수 있을지
그가 나를 어디로 이끌어 갈지
그 너머에서도 나는 있을까
내 영혼이 생사를 넘어
죽음 저편에서도 환하게 웃을 수 있을까

내 영혼의 시작과 끝을 알고 싶은 거지

청계천

자정 너머 인적 없는 청계천 올레길
수표교 지나 관수교 향하는데
물새 두 마리 나란히 물속에 서서
늦가을 차가운 밤을 견디고 있다
면벽 수행자처럼 한 치의 흔들림도 없다
어둠이 파르르 떨린다

조계사

만해의 후예 꿈꾸며 이십 대 후반 찾아간
한국 불교 1번지 조계사
커다란 법당에 비해 유난히 작은 부처님께서 살며시 미소
지었다
평생 도반 만나 아이 둘 낳아
대웅전 불단에 백일 떡 공양 올려 축원드릴 때
회화나무 지나는 시원한 바람 따라
맑은 풍경 소리 높게 울리고

정토세상 염원하는 법우들과 청년 결사 만들어
죽을 때까지 날마다 백팔 배 수행 서원한 곳
좌복이 닳도록 밤새워 삼천 배 정진하며
설익은 말뚝신심 대웅전 댓돌에 새기면
유난히 새벽별도 빛났더랬지

기쁠 때나 슬플 때나
일이 잘 풀릴 때나 안 풀릴 때나
시도 없이 때도 없이
집에 가듯 찾아가
참회기도 감사기도 드리고

124

심신건강 발원성취
생명평화 민족통일
간절한 마음으로
자성불 부처님께 천백억 불보살님께
지심정례 오체투지 올리는

나의 절
우리 절
조계사

한강수상법당

철석같던 일들이 틀어지고
약속했던 이들은 모르쇠 하고
믿고 함께한 사람들에게 변명마저 할 수 없을 때
고향집처럼 맞아 준 곳

명산대찰도 아니고
유서 깊은 도량도 아니지만
아버지처럼 말없이 등 두드려 용기 주는
어머니처럼 따스한 손 내밀어 품어 주는
자양역 뚝섬한강공원
한강수상법당

법력 높은 큰스님도 없고
주석하는 주지 스님도 없지만
국내 유일 한강수상법당에는
무량수(無量壽) 무량광(無量光) 아미타부처님과
천 개의 눈 천 개의 손으로
일체중생 생노병사 우비고뇌 다 보시고 구제하시는 관세
음보살님과
성불마저 미룬 채

126

지옥중생 구제에 전념하시는 지장보살님과
모든 부처님 보살님 다 계시고요
영험하신 용왕님도 계시지요
당산나무처럼 48년째 법당을 지키는 거사님도 계시지요

힘들고
고통스러울 때
다시 일으켜 세워 준
나의 기도처

청소

무엇을 치워야 할지
무엇을 버려야 할지
알 수 없을 때
청소는 또 다른 수행의 관문

누구를 넘어야 할지
무엇을 뚫어야 할지
알 수 없을 때
청소는 또 다른 화두의 세계

빗속을 걸어요

누군가 함께 걷는 이 없다면
홀로 맞으며 세상을
걸어요 내딛는 걸음마다 외로움 묻어날수록
외로운 발자국 씻겨 나가
어느 바다에 떠돌다가
외딴 섬 해변가에 떠밀려 올지라도
고요함의 끝까지 적막함의 끝까지
가다 보면 알 거예요
그것마저 결국 텅 빈 노래였다는 걸

빗속을 걸어요
오직 이 세상 홀로인 것처럼
외롭고 당당하게

낙산공원

누구나 쉽게 오를 수 있는
산 같지 않은 산
누구에게든 사립문 활짝 열어 맞이하는 산
그 산에서는 그 누구도 손님이 아닌 주인이다
행복을 일굴 수 있다

북악도 금강 지리도 한라 백두도 모두 있네
너무나 작아서 이십 분이면 둘레 따라 한 바퀴 돌 수 있지만
너무나 넓어서 아무도 그 속살을 제대로 본 적 없지만
세상의 모든 소리를 듣는 산

아무도
낙산에서 관세음보살을 보지 못했지만
낙산은 세상의 모든 소릴 다 듣는다네

죽음을 향해 간다는 건

죽음을 향해 간다는 건 삶을 꽃피우는 시인이 되는 것
비로소 자신의 목숨을 바로 보는 것
목숨의 값어치를 느끼고
생의 한낮 뜨거운 태양도
밤의 처연한 고독도
모두 소중한 빛나는 한때임을 아는 것
죽음이 분명해질수록
삶은 뚜렷해지고 혈관 속을 흐르는 피가 뜨거워지는 것
세포 하나하나가 꽃처럼 피어나는 것

아름드리나무 밑에서

시를 쓰다가
책을 읽다가
새소리 듣다가
하늘 보다가
깜박 잠들었다

모든
말글이 끊어지고
생각이 멈추고
세상이 사라지고

찰나의 적멸
적멸의 찰나

지선 스님

항하사 모래 수처럼 헤아리기 힘든 인연인 정우식 거사의 시를 며칠 동안 읽었다. 시들을 읽으며 '이 사람! 아직도 너무 착하구나!' 탄식을 하게 되었다.

모질고 독해도 잘 살기 힘든 시절에 변함없이 착한 성정이 한편으로는 마뜩찮다. 하긴 시를 쓴다는 것 자체로도 아직 순수하다는 방증이기도 하겠지만.

선(善)한 사람들이 큰 고통을 받는 시대, 온갖 곳에서 들려오는 소리들은 혼돈(混沌)이며 악어(惡語)이며 요설(妖說)뿐인데 이 사람 외로이 옛 마음 지니려 하니 시인의 마음으로는 갸륵하다만 걱정되고 또 원망도 된다.

내가 자구(字句) 맞추는 문인이 아니기에 시에 대해 감히 평할 수 있겠느냐만 어릴 적 어깨너머로 배운 『논어』에서 '시(詩)는 생각에 삿됨이 없는 것(思無邪)'이라 했으니 착하다는 말이고 치우치지 않는다는 말이며 변하지도 않는다는 말이다. 오랜 세월을 지켜봤으나 정우식 거사는 늘 생각에 삿됨을 없애려 하던 사람이다. 그가 물질적으로는 전혀 도

133

움이 안 되는 시를 쓰는 것도 사무사(思毋邪)의 수행 방편이 아닐까 생각한다. 또 유월이고 시절은 언제나 아득하다. 나와 그가 젊었던 시절, 착한 사람들이 조금은 편안하게 지낼 세상을 위해 거리를 뛰었던 바보 같던 때가 떠오르는 새벽이다. 소나무처럼 변함없고 또 변할 일 없는 사람 정우식의 시를 나지막하게 읊조려 본다.

요즘 바람에 나뭇잎이 뒤집어지며 반짝거리는 숲을 자주 보게 되는데 그럴 적마다 생각나는 『논어』의 구(句)가 있다.

棠棣之華 偏其反而
산앵두 꽃잎 바람에 나부끼며 반짝이는데
豈不爾思 室是遠而
어찌 그대가 그립지 않겠느냐만 다만 너무 멀리 떨어져 있구나!
子曰 未之思也 夫何遠之有
공자께서 말씀하시길, 그것은 그립지 않은 것이니 멀 것이 무엇인가?

사람 노릇 아득한 시절이지만 정우식 거사의 시가 세상 사람들에게 조금의 위안이 되길 바라며 몇 자 적어 본다.

―37년 전 뜨거웠던 거리를 떠올리며
갑진년(甲辰年) 6월 10일 새벽, 지선 합장

시인은 한 사람으로 끝나지 않는다

신동호(시인)

친구 가운데 시인이 있는 삶에 대해 생각한다. 잊고 싶은 것을 자꾸 끄집어낸다. 고단하지는 않았을까. 여전히 꿈을 꾸라고 한다. 철없다 하지는 않았을까. 간혹 정의로움을 잃지 말라 한다. 급기야 귀찮지는 않았을까. 문득, 시를 쓰고 있는 자신에 대해서도 생각한다. 시인은 그렇게 외로워지는 것일까.

살다 보면 무시하고 지나가야 할 것들이 있다. 돌아보는 사이에, 둘러보는 사이에 그만 간격이 멀어질까 두렵다. 그런데, 이것을 보라 한다. 소외된 삶들이다. 급한데, 다른 길도 있다고 한다. 새로운 길이다. 기껏 타협하고 이기심을 드러냈는데, 뜨거웠던 한 시절이 아름다웠다고 한다. 속도를 낼 수 없다. 경쟁에 도움이 되지 않는다. 그렇게 귀를 닫아 버리는 것일까.

정우식의 시를 읽다가 그만, 시인과 그 주변의 삶에 대해 깊이 뒤돌아보게 된다. 폴란드 시인 비스와바 쉼보르스

135

카는 「언니에 대한 칭찬의 말」에서 이렇게 들려준다. "가족 중에 시 쓰는 사람이 한 명도 없는 그런 가족들은 무수히 많다./그러나 결국 시인이 나왔다면 한 사람으로 끝나진 않는다./때때로 시란 가족들 상호 간에 무시무시한 감정의 소용돌이를 일으키며/세대를 관통하여 폭포처럼 흘러간다." 시인은 시를 쓰지 않는 언니의 지붕 아래에서 안도감을 느낀다. 그것은 시가 건드려 버릴 인간의 열정이 무엇을 할 수 있는지 너무나 잘 알고 있기 때문이 아니었을까.

누군들 시를 읽는다 해도, 시인을 친구나 가족으로 둔 사람들은 많지 않을 것이다. 직접적으로 상호작용하는 일도 흔치 않을 것이다. 사실 시인이 낀 한 집단과 다른 집단을 비교하는 것도 쉽지는 않다. 다만, 정우식의 시와 삶에서 그것을 유추해 보는 일은 가능하지 싶다.

정우식은 동국문학회 책상 서랍에 많은 시를 써 넣어 두었다. 오래된 이야기, 모두들 가슴에 담아 두었지만 꺼내지 않은 이야기를 쓴다. 동국대 중문과 고향집 마당을 삶이 있었던 구체적 장소로 만들어 낸다. 그 시절 나는 정우식이 읊는 시를 시국집회의 현장에서, 친구들과 모인 시끌벅적한 자리에서 가슴 뜨겁게 듣곤 했다. '감정의 소용돌이를 일으키'곤 했다. 동국대 학생들도 마찬가지였을 것이다. 차곡차곡 습작을 넘어 시인으로 성장해 가던 정우식은 총학생회장이 된다.

만해 한용운 선생이 시인으로, 승려로, 독립운동가로 당신의 시대를 온전히 살아낸 것처럼 정우식 역시 시인의 가습으로 대중운동의 앞자리에서 산다. 대략 이름만으로도 정우식과 그 주변의 삶이 얼마나 선한 발걸음을 내딛었는지 짐작한다. '생명의 강 살리기', '불교환경연대', 'DMZ평화생명동산', '건강밥상공동체', '나누며 하나되기'……. 그 안에서 정우식은 시인으로 매일매일 새롭게 살았다.

> 실패하고 실패하고 좌절하고 좌절해도 끝내 포기를 모른 채
> 역사의 수레바퀴 온몸으로 굴리던 젊은 시시포스의 용사처
> 럼 전진했었지
>
> 그렇게 우리는 용감했고
> 그렇게 우리는 무모했고
> 그렇게 우리는 순수했고
> 그렇게 우리는 아름다웠다
>
> ―「충무로 연가」 부분

"그때는 그때는/사랑이 오로지 사랑이었으므로/밤하늘의 별이 늘 내 가슴에 내려와 빛나던 시절"이었고(「사랑하였으므로 사랑하였네라」), "우리가 흘렸던 뜨거운 눈물은 대지를 적셔 이름 모를 들꽃을 피우고" "우리가 품었던 뜨거운 사랑은 밤하늘 별처럼 아름답게 빛나고" 있던 시절이다(「친구여」). 이제 사람들은 '내가 사랑을 노래하면 꽃이 진다고 하고 내가 삶을 찬탄하면 적멸을 노래하는' 시인의 역설도 자연스럽게 받아들인다(「언어도단」). 시인의 느린 발걸음을 위안으

로 삼고, 거듭되는 새길에 희망을 보기도 했을 것이다.

  그렇지만 시인은 먼저 운다. 아마도 정우식의 주변에서 시인의 아픈 마음을 눈치챈 사람은 많지 않을 것이다. 애당초 엄살을 잘 모르니까. 저만큼 전진했다고 여긴 역사가 뒷걸음치고 이만큼 이뤘다고 여긴 성과들이 하나둘 무너져 내릴 때 시인의 마음 역시 고통스러웠을 것이다. 누구는 떠나가고, 누구는 생활고에 시달리고, 누구는 꿈이 고단하고, 희망이 귀찮을 때 시인은 얼마나 많은 가슴을 쓰다듬었을까, 모두 자신의 탓으로 돌린 채.

  사랑하는 마음이 올라와 몸이 뜨거워지고 숨이 가빠질 때
  미워하는 마음이 올라와 꼴 보기 싫고 생각만 해도 기분 나쁠 때
  분노하는 마음이 올라와 눈에 쌍심지가 켜지고 머리카락이 곤두설 때
  좋아하는 마음이 올라와 가까이 두고 소유하려는 욕망이 꿈틀거릴 때
  싫어하는 마음이 올라와 만사 귀찮고 짜증이 가득할 때

  그때다

  거울을 볼 때가
  쇼윈도를 쳐다보듯
  자기를 바로 볼 때가

138

정우식은 "함께하자고 다시 함께하자고/이번에는 반드시 이뤄 보자고 만들어 보자고" 끊임없이 꿈을 일깨우는 시인이다(「한 사람을 지웠다」). '꺼져 가는 열정을 북돋고 다시 일어서게 하는' 존재가 시인이며 쉽게 사라지지 않을 것도 잘 안다. 그러나 때로는 누구든 스스로의 열정이 부담스러울 수 있다. 나는 정우식이 지운 한 사람이 그 자신이라 느낀다. 자신을 지우면서 친구들에게 여백을 주고, 다시 시인의 말에 귀 기울여 주길 바라는 마음이다.

정우식은 여전히 시의 역할을 믿는다. 언젠가 반드시 자신을 뒤돌아보는 순간이 온다는 것을 의심하지 않는다. 관성에 사로잡혔다고 여길 때, 속물이 되어 버렸다고 깨달았을 때, 새로운 길을 가야겠다고 결심할 때, 바로 그때 아무렇지도 않게 곁에 있어야 한다. 그래서 "난 빈껍데기/한숨에 무너져 사라지고 타고 남은 재뿐이네"라고 먼저 위로한다(「차 한잔하고 싶다. 그대여」). 그래서 빛나던 찰나를 강렬하게 남겨 둔다. "사랑을 위해 온몸 던질 수 있었던/그때//그때/나는 죽었어야 했다"고 고백한다(「그때」). 충격적이다. 친구들의 번뇌를 끊어 주는 정우식의 소신공양이다.

많은 일 가운데 시를 놓지 않고 살아와서 다행이다. 정우식 시인이 시집을 엮어 내면서 시대의 사명, 그 무거운 짐을 잠시 내려놓을 기회를 가지게 되어 마음이 놓인다. "나 살아 도솔천 가고 싶어/모두 함께 가고 싶어/모든 계단 없

139

애고 문턱 없애고"(「도솔천 유감」) 자기 맘대로 도솔천 가는 길을 상상하게 된 것 역시 친구들을 위한 큰 진전으로 여긴다. 무엇보다 불씨보다 강한 꽃씨를 품게 된 것은, 이 시대 시인들이 한 사람으로 끝나지 않기 위해 어떻게 친구들과 손을 잡을까 생각하게 한다.

> 삼십 년 세월이 지나고
> 수많은 폭풍우와 눈바람이 수없이 가슴을 쓸고 지나갔네
> 어느덧 심장에 불씨도 사라지고
> 이제 나는 꽃씨를 품네
>
> ─「꽃씨」 부분

　시를 쓴다고 모두 시인이 아니며, 시를 쓰지 않는다고 시인이 못 될 이유가 없다. 시인의 외로움은 아름다운 영혼에 대한 그리움을 낳을 것이며, 모든 영혼이 하나하나 얼마나 소중한지 결국 증명해 낼 것이다. 월트 휘트먼의 말로 정우식 시인의 첫 시집을 함께 기뻐하고 싶다. "가장 자부심 강한 국가는 그 나라 시인들의 영혼을 만나러 가는 것이 당연하다."